菜種梅雨

久我田鶴子
歌集

砂子屋書房

＊目次

装本・倉本　修

歌集　菜種梅雨

湾岸

液状化をさまりし街のひしやげたる顔ふんづけて月を仰ぎぬ

ちりぼふ

しんとして空にあふるる光なりひかりのなかにちりぼふは何

新聞の見出しが語調をととのへて戦時日本を今に見しめき

米と水、西より届きわが位置はけふ被災者の側にあるらし

明後日《みやうごにち》降る雨に注意せよと来しいちはやきメールいいわきの地より

——石井辰彦著『詩を弃て去つて』を読んだ

人類に死に絶えなさいなと言ふことの石井辰彦いづくへ征くや

放射能喰らふも百歳《ひやく》は生きなさい喉の奥処《おくか》に絡みゐる痰

音たてて梅雨のあめ降るとりたてて言ふときの過ぎヨウ素セシウム

ひとはすぐに忘れるものさ　あざわらふ鼻の横皺ふかきが見ゆる

――三・一一以降しばらく、ＴＶにて「こだまでせうか」と

くり返し嬲られし果ての言の葉の被災かくあり金子みすゞに

青葦はまだ伸びざかり葦切のこゑ切れ目なく梅雨空をくる

息の領域

面変はり劇《はげ》しきおのれ見つめつつ父が見せゐし表情の〈無〉

足らざるをおぎなふ酸素吸入器はづしてをりぬそ知らぬ顔に

こゑにしてことば発するちからさへ息の領域　うしなはれゆく

心臓のつよさが保《も》たせしいのちなり死線いくつも越えて卯の年

誤嚥性肺炎なるが父の息しだいに細めつひに止めし日

吐きつくすやうに発せし言の葉の父にうなづき問ひ返さざり

ゐろははにほほ

胃に胃瘻《ゐろう》すすめざりけりみづからの親を看取りし看護師長は

呂の字とふ突き出すをんなのおちよぼぐち紅おしろいにキスのこと言ふ

歯は命　インプラントのかがやきに老いずといふや死なずといふや

歯を欠きてみづから山へ旅立てり『楢山節考』おりんの場合

二には二の安らかさありいちばんを風除けにして道草を食ふ

帆をあげて風をたよりの海上にほどよき風などめつたに吹かぬ

抱一にヒポクラテスを描くあり異国の文字さへ丹念に写し

＊抱一……酒井抱一

へとへとのわれに追ひ討ちかけきたるいらいら小僧かの日の伏兵

扉《と》のまへに頭《かうべ》を垂れてたたずめる人は誰なの何のためなの

ちちのみの父の手帳を火につつみ送りぬ春の彼岸のそらへ

リリシズム歌にひそませ立ちあがる〈乾き〉を言ひて泣かざる御仁

ちちのみの父をじやうずに死なすべく祈りき日々を孝行顔に

りきみつつ産みたかりしをいのちにもなりえぬものら葬りつくせり

沼太郎のぬつと突き出すあたまにも散りかかりたりさくらはなびら

濡るるにはしつぽり春の雨といひやがてはまれる深みといふは

ルリビタキ見し一瞬になにほどのことはあらねど脳は記憶す

尾のさきにリズムとりつつ椅子にゐて白やはらかくひとを眺むる

わたくしをいでざる論の埒《らち》のそと羊が雲になりゆくところ

忘れねば思ひいださず　情ふかく知性は立ちてをみなとなりぬ

春日なる

井戸端にコスモスの花ひと束のこころづくしに迎へられたり

張り替へし障子の白さ彼岸会のひかりを透かし人のつどへる

部屋いつぱい家いつぱいに声充ちてなかにも主のこゑのひびくは

春日《かすが》なる土塀の木戸をくぐりいで頭塔《づたふ》みむとて連れだつ面々

釣瓶にて汲み上げみする井戸のみづ亡き人とある暮らしかがよふ

秋一日《ひとひ》歌のめぐりに語らひしよろこびにして人わすれ得ぬ

苦さのさき

天蚕の糸に花織ひそやかなひかりかた見せわれを誘ける

昼ながらワインに生牡蠣　土曜日といふ気安さが夫にまだある

松島の牡蠣にはあらず三重産とこの冬シェフの言葉すくなし

小規模の臨界起こりし可能性　こゑひそめつつ情報が来る

津波にも生き残れりと女川を押したて原発なほ売る構へ

知らさるることなくわれらは死ぬだらう〈情報〉の世のクレバスのなか

「文学は」とこの人は言ふ呑みこめる苦さのさきを生きゆく覚悟

水の面に空の邃《ふか》さの映りこみわが存在の裏返さるる

眠り

山眠るねむりしままに覚めざれば反転してゆくこの世の裏へ

くるしげな声は冬眠宣言し穴の入口せばめゆきたり

目も口もしづかに閉ざし焼かるるを待つ肉体は眠りてをらず

永眠とひとは言ふなりたましひの目覚めて花とひらく寒梅

野すみれを植ゑて逝きたり遺しゆくひとのこころによみがへるべく

降る　何が　降る菜種梅雨　亡きひとの芽吹きどこかではじまつてゐる

四重奏

飛びまはる蜂の羽音の四重奏フルートに若き息吹きこまれ

うら若きをみなの息を吹きこまれフルート銀の熱もつ音色

吹ききりて短く吸へる息のおと紛るるならず奏づる楽に

ほつそりとパールピンクによそほひて肺腑が送るフルートに息を

息の合ふ息を合はするは比喩ならで四人《よたり》が息をはかりて奏づ

ソプラノの旋律を追ひアルトバス音のふくらみ息のかさなり

ぺかぺか

遠くゐて拍子とるごと啼いてゐる筒鳥のこゑ歩みにしたがふ

晴れたるをよろこぶこゝろは春蟬の、よろこぶ花はたてやまりんだう

くさむらに縞蛇ひそみゐるところ過ぎて合ひたる目のこと言はむ

むつみあふやまなめくぢの円のうち光りてをりぬ白きたまごが

ももいろにいのちつぶされおそらくは青葉の森の巣落ち子かれは

りんだうのはながむさぼる陽のひかりぺかぺかしてらべ賢治のこゑす

無口なる歩みのわけに老いひそめおとうとのごとき男ともだち

にじみ

時空超えにじみてゆける存在のソバージュなびかせ井辻朱美氏

便箋に書きゆく文字のにじみゆゑ思ひがけなき結語にいたる

——十五年ぶりの『時間《クロノス》の矢に始まりはあるか』

忘れたるころに時間の扉あけ点滅よはき蛍か入りく

まだ生きてこの世にあるを知らせくるひかり茫たり茫と滲《し》み出づ

放課後のロッカールームにうづくまり染みとなりたる少女がひとり

散らばりしビーズを拾ふ感覚にあつめゐたるや〈ワタシ〉といふを

海霧

不可思議の雲がかかると遠く見てゆく浜通り海霧のなか

足もとに寄する波さへ茫として見えざる海が霧吐きつづく

まつ黒な土嚢の並ぶ海沿ひを映像のなかに入るごと走る

塩屋崎すぎて豊間《とよま》と指さされ巻かるるごとく霧に包まる

岩陰に赤き鳥居の残るのみうしなはれたるを何と挙げえぬ

今までに見たことのない胃の中身ひそひそ声が魚を語る

たくさんの息ざしが身にまつはれり動ける霧のしづけさにゐて

みづあふひ

――かの日の、福知山線事故

過密化の、フルスピードの、労働の、ねぢ切られたる断面が見ゆ

ぐりぐりと痛みの芯を揉みこまれ肉体もつをわれはよろこぶ

〈六道〉の札の立ちゐる夏の径ゆるきのぼりはひかりに断たる

——大震災後の福島に

大津波の引きたるあとを水葵《みづあふひ》ながき眠りの覚めて花咲く

——郡山の夜

里芋をつくるに〈秘伝〉いふときの言ふに言はれぬ口のうれしさ

だれよりもともどこよりもとも言はず語り口よき里芋名人

――歌集上梓を手伝ふことがあり

開きたる箱そのままに呼びにゆくぎつしり並ぶを人に見せむと

記されし日までを寝かせ開きたる箱よりいでく会津の柿は

ぎつしりと詰まつてゐるのはよろこびか会津身不知《みしらず》送りくれしひと

鳩羽色

ゆふぐれの路上ライブはアコーディオン老いびとを寄せ連れ出す気配

かたまりをなして羽毛の舞ふそらに狩られしいのち食はれつつあらむ

直線を引きゆく行跡ぷつと切れ夕空劇場あとはもやもや

ゆきちがふことばはこころ強がりを見抜けず開けしパンドラの函

老いふかめゆく肉体に精神はをさまりきらぬ　叫びそこより

いたはりの足らぬ青さに返り血を浴びてゐるのだ身のほど知らず

はだか木に枝うつりする小隊は柄長、四十雀、羽音ばかりに

鳩羽色ふつくらとゐる朝の枝あめもよひなるしづみかげんを

そらみみ

恩智越《おんぢごえ》のぼりはじめてすぐの雪こまかくつぶつぶ落ちてころがる

笹原が奏ではじむる〈笹の葉に打つやあられの〉古事記のことば

そらのみち信貴山上にあるらしくいくたびとなく機影がよぎる

高圧線のたわむ雪空そらみみか香川進の〈時〉をゆかしむ

見霽かす大和くにはら陽の溜まり笹の葉打ちたる霰の過ぎて

猿　丸

瘤とりの神さんなれば猿丸は願ひのかずのこぶに囲まる

年の瀬の猿丸神社に願《ぐわん》かくるひとのひたすら幾巡りなす
まはりてはいちまいいちまい札を入れ祈りにつつむ社ちひさき

たがための祈りにあらむまはりきてまたもいちまい札を入れたり

腫瘍また瘤にてあれば友のためわれもいただく御守ひとつ

はじまりは

校庭の地表をうすく削りとり除染としたり行為のはじめ

ひとまづの安心のため　それのみの除染と言はず土を剝ぎゆく

地表剝ぐさらにまた剝ぐマトリョーシカ置きどころなき土の顔する

炭坑の町とクビナガリュウのこと　いわき「ほるる」に教へ受けたり

石炭から原子力へのなりゆきにまつはる金《かね》の亡者たちたち

黒繻子の

黒繻子のひかりに睡れ　ケロイドの残る頤《おとがひ》かくすにあらず

死にかけし痕かと探る目に遇ひぬものがたりなす或るとき傷は

おほかたは忘れて暮らす幼年期火傷《やけど》に負へるわれの聖痕《スティグマ》

うすぐらき昼の卓袱台に置かれたる椀より立ちて味噌の香の湯気
おとうとの生まれし前後ざわざわとわれの記憶の古層をなせる

動かざる曾祖母かこむ人の輪を刻むこころにわれは泣きしか

掘られたる穴に棺のおろされて〈死〉はまづ曾祖母うばひてゆけり

ふくしま——東日本大震災から二年後の福島にて、短歌フォーラム

密度濃く想像力をはたらかせどこまで見えるひとりひとりを

なにをどう言へばいいのかみづからの被災を語るは想定の外

〈フクシマを励ます〉からは身の退《ひ》けて一時間余を壇上のひと

線量値気にせぬ暮らしもはやなく福島民友福島民報

原発を原爆と言ふ　幾たびも言ひて気づかぬこころの深部

「千葉もまたたいへんだつたね」温顔はコスモ石油の爆発を言ふ

〈ヴィルゴ〉の夜

三原橋〈ヴィルゴ〉の夜をなつかしむ及川隆彦ややに老けたり

〈ヴィルゴ〉にて最後に茂樹のつかひたるグラスの行方まなざしに追ふ

＊ヴィルゴ……ここで小中英之とともに飲んだのが、小野茂樹の最後の夜であった。

宵闇に白き花もつ街路樹をなんぢやもんぢやと教へられつつ

〈ヴィルゴ〉へと導く足のふはふはと柏原宗一酔へるにあらむ

ビル解体工事の幕におほはれて三原橋なる〈ヴィルゴ〉もあらず

吉野千枝その名に顕てる面影のグレーの喪服ほそき首すぢ

＊吉野千枝……〈ヴィルゴ〉のママにして、歌人。

香川進の通夜にまみえしその人のしづかに語り去るさりげなさ

青葉の間

六月のはじまる朝の食卓にニュージーランドの林檎来てゐる

おとうとの掘りてくれたるじやがいもの大小ごろごろ検査はしない

巣立ちたるばかりの雛か羽ふるひ餌ねだりゐる青葉の間《あひ》に

えうねんの記憶に棗の枝は伸び張りだし来たり実を零しつつ

夏帽のあごひも噛むに執しゐき汗染《し》むゴムを唾液にからめ

潮の膿《うみ》あぢはひにつつ鳴らしたり浜の真夏をなぎなたほほづき

む　と臭ふ藍に連なるいにしへの結城の縮蜻蛉《とんぼ》織りなす

水の輪

火葬場の順番待ちの一週間つくづく見たり父の死顔

誕生日に何がほしいと訊けるとき「いのち」と言ひしは何歳《いくつ》の父か

じつと見てしまひしわれを見返し来《く》麻痺もつひとの鋭き視線

ひとあしに数《す》センチほどのけんめいを見てゐきわれは父に重ねて

肉体を置いてときをり遊びゐし飛行《ひぎやう》の晩年それさへ過ぎき

心電図モニター装着その意味に気づかぬごとくありし　ひと月

墓移し終へたるひとの語るらく骨さへ水に還つてしまふ

水浴びか餌《ゑ》に獲られしか水の面に飾り羽根浮くこれは懸巣の

ちりちりと水の輪みづのわこの春に生まれしものら光をつつく

水辺にて

わいざつなシーンが終はり流れゐる〈星めぐり〉また心のめぐり

クラムボン笑つてをれよやまなしの実の熟るるにはいまだ間のある

寂しさの涌けるあざみのけふはなく草はら刈られ日の照るばかり

声が来る〈そんなに水を濁すなよ〉ちりぼふものが雨と降りくる

エンドレステープがうたふ気疎さに雨のはじまり気づかずありき

水に尾を浸けてうごかず黒繻子のひかりもつ翅ときをりひらく

黒き翅とぢつひらきつ捌きをり川蜻蛉なるこの世の時間

水の輪をちひさくひろげあめんぼに脚は何本ひかりを跨ぐ

死のおもひながくひそめてゐたりけむ病のたどる筋書きに立ち

歩行、じつと見てはいけない　老いびとの傷みを頒つ覚悟にあれど

はがしたるラベルのあとをねばねばの残る感触　また触れてゐる

深い淵　エリコの空の印象に立ちつくすごと小川国夫は

アントニオ・カルロス・ジョビン軽やかに女声に絡む〈三月の水〉

うたはない

おほかた葉落とせる梢にうつり来て　六、七、八、ぽつとゐなくなる

絡まりて涸《から》びて日向に照るつぶらへくそかづらに来てゐる冬は

水に触れ電気がはしり乾きゐる人体われはちひさく叫ぶ

つややかな林檎曲線つつみこみアンリ・ミショーの透過する部屋

こゑあはせうたふかたはら「花は咲く」聞こえをれどもわれは歌はず

しら梅に白き椿のほころぶをまろまろ容れてへうたんの尻

ちりめんのおもさつめたさなじみくる帯締めきゆつと結ぶころには

どこからか転がりきたる風情なり洋梨机上に追熟のとき

隠れ羊——藤井常世さんに

なつかしく茂樹を語りみづからを〈隠れ羊〉と言ひたりかの日

＊小野茂樹がつくったグループ「羊の会」

小野茂樹にあくがれ入りし地中海とうちあけにつつ楽しげなりき

別れぎは名残り惜しさの声にいで新宿西口かき消すごとし

＊

大学の生協に見て買ひ得ざる『紫苑幻野』や永遠《とは》のあこがれ

鬣——千葉歌人グループ・藤田武氏に

闇を言ひ夢をうたひし歌びとの根に触るるなくつひに去らしむ

舌鋒のするどさ今はなつかしく泣かされしことまたよみがへる

岡井隆塚本邦雄に並びゐし矜恃　すなはち鬣《たてがみ》切らず

築きたる砦いくつをわたりゆく風にたてがみなびかせながら

気弱さも嫉妬も見せてたてがみの歌びと逝けり寒椿森

あかねさす『水葬物語』に殉じしか　鬚は銀、水になびける

くわんおん

いいひとはときに厄介うたがはず気づかず笑ふいいひとなれば

優等生の歌ばかりあるつまらなさ暴悪大笑面くわんおんにある

くちにせずきたることこそ本音なれ攻めの言葉に脳《なづき》は冴ゆる

ひとことに裏返つてゆく人の顔　言はせしものに思ひあたりある

高齢をひとり生くる日かさなればやむなく吐かむムカデゲジゲジ

感動をしたがるこころ他人から勇気をもらひたがるこころ

みづからが楽になりたいそれのみにひとをゆるすがごとき愚かさ

夢の果て

九十九里がいまだ鰯に沸くころを浜の荒くれ束ねし曾祖父

跡を取り破産二度まで曾祖父の遺影あくまで穏やかなるを

アメリカに渡りし次男財閥に勤めし三男己《おの》が才覚に

犬養毅揮毫の墓碑を建てたるは跡取りならぬ三男の財

アメリカン・ドリームののちの暗転に収容所にて死せり次男は

築きたる財のすべてを奪はれてロッキー山麓収容所の死

——父親の戦死の後を、或る男《ひと》は

彫りものを見せざれば見る夏の浜もの言ひやさしき長袖のシャツ

厄介が消えしもひとをかなしませ抱きとられゆく女うからに

——そして、跡取りの父の戦後は

〈解放〉は悪からうはずなく十代の父が諦めし学問その他

ややどもる語りはじめの父のくせ溜めたる思ひは瘤なしいづる

素面《しらふ》では語らぬ父の生前をいろどりて出づ枕絵あまた

幕末のティーンエイジャー渡仏後の行方知れずが家系図にゐる

＊

手が見えるまで

ブルキナファソなにかを知らずブルキナファソつぶやきながら平籠《ひらかご》を買ふ

くれなゐを遊びのごとく編みこめる平らなる籠ブルキナファソの

〈ブルキナファソ製フラニ平籠〉謎が解け編みたるひとの手が見ゆるまで

みづからの夫を語るは恥なりと「夫」の語あらぬフラニの言葉

地上

つやめける樹液に濡れて橡《とち》の木の冬芽の殻だ地表に散るは

ひそやかににほへる花に雌雄あり通草《あけび》の蔓をたぐり寄せつつ

死んだのは嘘なんだよと言ひに来し小高さんなり　立ち話する

ドラム缶の中なる水の錆を吸ひ落ち椿なほ花かさねゆく

影溜まり影のひとつがうごきだし日向にうつる　毛むくぢやらなり

道草

「ねえねえ」につづく「ただいま」親しげに手を握りくる黒ランドセル

「おかへり」ととつさに応じ「ぢやあまたね」ひとりになりてをかしさは来る

道端の草にフェンスの置き物に声をかけつつわれにも寄り来

ランドセル背負ひて帰るみちみちの道草われも摘まれてしまふ

あたたかく湿りてゐたるてのひらの子の感触の残る手のひら

みづからの内に完結する界をカタカタ鳴らし離れてゆけり

熱り

いきどほりもの言ふひとのかたはらにちやらんぽらんの息継ぎをする

忙しく脳のはたらくさまの見ゆつぎつぎことば発するひとの

熱放つ話の腰に差しいだす空になりたるワインのグラス

酒のせゐばかりといへぬ騒がしさわけのわからぬ熱がうづまく
とめどなくわけのわからぬにんげんのはつろはつろにまきこまれつつ

酔つて言ふこととはいへどまづからう〈イヌになります男〉を一喝す

ひとまづは言葉の熱《ほて》りを冷ましつつしづかにのむべし語らふために

あんとんね

息づかひ近くにきこえ突然の雨に打たるるガラス壁面

あがりかけ雨は水面《みなも》をなほ打てり日差しにからむ一瞬を光り

悲鳴にちかき声は北よりタスケテといふにはあらぬこゑのひたすら

いらだちをあらはに見せし教へ子のいかに生きゐる震災以後を

知り合ひのこととし破談を伝へ来しいゝわきのこゑが胸に沈める

少しくらゐ鈍感にゐよとは誰の声ごはんの山に梅干しが載る

二年後の自宅におよぶ除染順しづかに語り老い深めゐき

墓石の倒れしままに三年《みとせ》経ち福島に帰らぬといふ選択肢

寂しいを楽しいに替へし推敲のあと通りすぎ目はたちかへる

阪神を離れて住める札幌にフラッシュバックのなほ襲ふらし

あんとんね　背中をさする手のぬくみ上総訛りのふところに抱く

＊あんとんね……なんともないさ、大丈夫だよ、の意。

生ふ生ふ

四枚の広葉の間《あひ》より身をひらめマユハケオモトの花が迫りだす

この夏の三平峠に出逢ひたる渡辺松男　ああ、衣笠草《きぬがささう》

玉砂利を篩にかくる背のまるさ生《お》ふ生《お》ふ草は種をばらまく

感染をさせたるはヒト　蚊の受難いふかたはらを風の吹きゐる

ひかるので椎の実と知れ立ち止まる椎の術中にはまつてしまふ

晴天の山頂に食むおにぎりを襲ひし噴火に感情はない

あいまいな毛につつまれて母子草マンション下の土あるところ

息あさき身をあふむけにさるすべり見よとは花のひかり透く色

踊り場

鱧の肝、胃袋なども肴にし昂ぶりのあとのもうひと盛り

なつかしさ　雨に湿れるくちなしの花のかをりすポストのあたり

踊り場にたまりてをりぬわたぼこりわたぐもわたがしわたぼうしわたし

問診の〈正しさ〉ゆゑに妊娠と出産回数さらりと問ひ来《く》

台風の近づく朝を鳴きいでてゆふべさだまる初蟬のこゑ

きらーんとひかる児《こ》ひかる目に見上げどこから来るのかこの信頼は

階段の手すりを撫でて飽かざれば時間をほどく手すりの木目

夢占にさづかる子とは教へ子かときをり無事を伝へ来るあり

秋の田沢湖

ここにゐるはずのひと亡くそのひとに代はり来てゐる秋の田沢湖

ひとが死に補塡されたる存在のわたくし妙に張り切る　かなし

ちまちまと茂吉の文字のならぶ碑に田沢湖あきのみなもを映す

斜めなるひかりの反照みづうみにめくらみにつつカーブしてゆく
しろがねの芒のなだりかたなびきそそけしひかり虚空を満たす

さやうなら　言の葉しろくゆくものをつなぎとめむとするにはあらず

盛岡をいでて古川すぐるころ刈田に真雁の群れ、群れ、群れが

秋日和

雲ひとつなき悲しみに一日《ひとひ》あり雨宮雅子ひとりし逝ける

久我ちやんと呼びかけくれしその声のかすれ嗄れてもはやかへらず

雲一つなけれど空のうるめるを春のやうだと繰り返し言ふ

さびしさはその人のもの知りえねば知りえぬことに黙すほかなし

沢瀉《おもだか》は夏の水面の白き花孤独死をなぜ人はあはれむ　（雨宮雅子『水の花』）

水の花おもだか土中に冬を越す会へざり人はやがての春に

ざらついて心に触れくるこゑなるをよみがへらせてはあぢはひ尽くす

たをたをとはたたき白く秋蝶は葉裏へまはる　生《せい》をいとなむ

堪へ性

息つめて文字追ふわれの心拍数かそけきものになりはつるべし

ひとが死にあきたる穴に嵌めらるるひとつのピース　くちをつぐみな

流水に触れてひらめく静電気しんでもいいようなどとはいはず

首ねつこ押さへつけられ悲鳴あぐ　そ、そこがツボですリンパの巡る

脳内に巣くへる虫がもぞもぞと今日のわたくし堪《こら》へ性なき

書き上げてバキバキの肩なにほどの文字つらぬるにわれは苦しむ

あたりさはりなきはつまらなし強ひて書き廃人となる一週間ほど

きざみこみきたへたる皺すくと立てジョージア・オキーフ晩年の顔

たましひの顔

死者が来ていやいやをする　いまだ死を受け容れざると言ひにあらはる

背後より押しつけられし冷たさのもはやこの世のものにあらざり

いくたびもふりかへる顔に手を振りぬ宥むるごとく祈れるごとく

たうとつの死よりひととせあらがへるたましひの顔とほざかりゆく

ライチ――「みやざき百人一首」――

皮を剝くすなはち凝脂あらはるる楊貴妃の膚おもひしは誰《た》そ

オキシフルな日

かはいさうなんかぢやないと泣きゐしが気がすんだやうに立ち上がりたり

さくら咲き散るにぎはひに遠くゐていまだちひさき枇杷の実の青

空《くう》を斬り雨に打たるるよろこびをわたくししつつ燕みてゐる

傷口が泡立つやうな感覚にひかりまみれの朝のくびすぢ

一夫《いっぷ》ある、一妻あるを基本とすにんげんといふみだらな動物（高野公彦）

〈にんげんといふみだら〉を言ひて言はぬこと高野公彦愚者をふるまふ

ハンマースホイ　遠い扉が開きゐて潜めるものの冷えは滑らか

きぬがさくう

天蓋をかしげてけふの雨ゥくるきぬがさくうなり沼に沿ふ道

みづうみとぬまのちがひに深さありみづうみとまがふぬまの辺あるく

山小屋の雨夜の眠りおしわけてふくろふのこゑ耳元に来る

四、五回を鳴きてしづまるふくろふに雨はいかなる作用もたらす

アカゲラの二羽ゐて一羽が待つ間合《まあひ》その微妙さに〈関係〉見え来《く》

わづかづつ枝うつりつつみちびくと見てゐる間に餌《ゑ》までも与ふ

会ひ得たる今年の花にあいさつし会ひ得ぬ人に送るテレパシー

歌と人——千葉歌人グループ・関原英治氏に

老いてなほ宇多田ヒカルにゆくこころオートマチック誰も止めえぬ

いちにんのために捧ぐるそれはそれ　さらにこころは自在にありき

歌と人　あひまつて美は存在し河野愛子や森岡貞香

〈モダニズム短歌〉のうちに見いだされ絵を描く妻に添はせたる身は

悲しみの先に明けくる朝を待ち絵筆にともす赤き灯ぽちり

カステラの夢

カステラの見る夢のなか吹き荒れてやはらかいところからひきちぎる

なあんにもすることのないたゆたひに種はなちゐるはるののげしは

すずやかなひかりの網をひろげつつ待ちゐる　何を　それさへ忘れ

生き死にの相克に網を張るものかいのちが細き脚を踏んばる

捕らへしは竹の落ち葉に樟の花かざりのやうにいまは揺すつて

ほととぎす昼の林のなかに啼くたくらんたくらむこゑのすなほさ

暑の庭にあつめてゐたる草の種まつばぼたんは手の窪こぼる

水着の背ひかりにさらし無防備の夏に少女の羽化がはじまる

ひと夏に少女の遂ぐる身の変化からだこころを置き去りにして

背を裂きていでくるものの翅ならず二齢の蚕三齢の蚕

芝草のなかに茸の傘あまたお湿りありありしをよろこびひらく

外は雨　鳩の鳴きゐる　感情の余波おしよせて宥められたき

しっこく——写真・歌合わせ

ほつかぶり闇をまとひてたたずめばねずみ小僧つて俺のことだつけ

写真・三好聖三

ごろすけほう　あ、いや、ごろごろわあおおわ　俺が何者かなんてどうでも

うちうのめ、宇宙の目として俺は見るしつこくしつこくしいつこくい漆黒

しつこくの闇に見開く目のひかりみえないは見えるみえるは見えない

目ばかりを存在させてみづからを消せばあらはるオディロン・ルドン

かん高きこゑに目玉の父親が子の危機すくふ水木のしげる

楽観ならず

戦争は起こりつこない　言ひきりて楽観ならずこの人の目は

かたちなき不安がひき寄するものをこそ怖るるならむ　衆愚まで言はず

あれはたしかプルサーマルでしたよね四百キロが三号機に落ち

ブレ感の手放しがたくレンズ越し雲間の月を眺めてゐたり

どこまでも管理し守りくるるとふ　おらのことならどぞおかまひねぐ

拒否すれば罪に問ふとぞ銅鑼ひびき〈一億総活躍〉の世に連れださる

原発も武器も売ります　経済を最優先のアナクロニズム

コンクリート打ちつぱなしの天井を水のあかりのふらふら動く

遠からぬ死をつぶやいてほやほやとあかるむ母は　たぶん死なない

娘ふたりわがおとうとにあるはよし思春期にさへやはくまつはる

亡骸《なきがら》の鼻梁のとがり遺影にはなりえぬものがこころを占める

をさへやうのなきを放ちてあかはだか村山槐多ある日の香川

＊香川……香川進

亀甲墓

墓にゆく許可証が要る　普天間に基地の内なる亀甲墓いくつ

キャタピラーが均しゆきたり桃原《トウバル》に先祖の墓さへ跡形もなし

墓の口ひがしにむけてひらきなば還りゆくのみ産みたるものに

もういちど産んでやるから　死んだ子のばらばらさへ抱き〈母〉は墓なり

いちめんにサンゴの死骸しろき浜からだをひらき太陽《ティダ》を孕めよ

積石の雨跡を消し読谷はハイビスカスに来てゐるひかり

あの先に辺野古があると指す視野に琉球燕の飛ぶも入りくる

米軍の上陸ここから　歳月の消しえぬものを風はなぶれる

花ふたつなほ咲きありて葉のみどりつやつや揺する軍配朝顔

拳をひらく

なにがなし塩辛き紅よせあひて吾木香《われもかう》咲く上総勝浦

ちひさなる入り江入り江の船泊り無口にひとは網をつくろふ

凪ぎゐると見えて怒濤をたたきつくリアス式なる岩場の奥へ

ビブラートするころ野性をにほはせて上総をみなの界のふくらみ

草いきれ照葉樹林の木下闇吹きくる風に潮がはりつく

いまここに〈野性〉をいふはスマートさ欠く所行にてたぶんたいせつ

じんじんと上総平にふりそそぐ冬大空のまほらまの青　（日高堯子『振りむく人』）

非情なる青やはらかく押しかへすちから恃みて拳をひらく

あとがき

この歌集には、二〇一一年三月から二〇一五年までの作品三五〇首を収めた。年齢にすれば五十五歳から六十歳にいたる、私の第八歌集である。

二〇一一年の年明けに父が死に、暫くぼんやりしていたところに遭遇した東日本大震災。当日は自宅にいてCDを聴きながら作業をしていたが、それまでに体験したことのない地震は、いっしゅん死を覚悟させるほどであった。

それでも私にはまだ、9・11の同時多発テロの衝撃に比べれば、なんとか乗り越えられるかと思われた。あの頃の体調の悪さは、世界の悪意を皮膚感覚で実感させた。ものごとをいかに受け止めるかということと、その時の体調は大いに関係する。

だが、3・11の衝撃は、あとからボディブローのようにきた。それは、地震や津波にとどまらなかったせいだろう。やはりどうしようもなく、3・11以前と以後とでは変わってしまった気がする。いわゆる〝被災地〟だけの問題ではない。そして、この歌集は、まったく〈あの日〉以後の産物である。

〝以後〟の私の日常は、週に二日のペースで高速道路を使って父のもとに通っていた二年間のあとでは比較的平穏なものだった。毎月、仲間たちと「地中海」を発行し、歌集をまとめたいという人がいればそのお手伝いをした。

そんな中で、福島、とりわけ郡山との縁が深まったのは、そこにいる「地中海」の会員たちがつぎつぎと歌集出版にむけて動き出したからである。理由のないことではない。短歌は、生きることと繋がっている。この五年間に郡山だけで歌集の出版は八冊、まだ続きそうである。

ほかには、文法と教科書の指導書の仕事を少しだけ。高校の教師として勤めた三十年間は、こんなかたちで活かされることになった。八年を残して職を退いたが、勤めつづけていればこの春に定年退職を迎えるはずだった。そういう歳になっている。

また、菜種梅雨の季節がくる。死んでしまったものも元素にかえり、どこかでなにかに再生されてゆくのだろう。種が芽を出す、草や木が芽吹く。だれかをかたちづくっていたものも、きっとその中に混じっていることだろう。受け容れがたい死に戸惑ったたましいも、どこかで安らいでいてほしい。

出版にあたっては、田村雅之様と倉本修様にすべてお任せした。久しぶりに古巣に帰ってきた気分で、どんな本にしていただけるか楽しみにしている。

二〇一六年　菜種梅雨の降りはじめる前に

久我田鶴子

地中海叢書第八九四篇

歌集　菜種梅雨

二〇一六年六月五日初版発行

著　者　久我田鶴子

千葉市稲毛区稲毛東六―一〇―二―一二〇二　関谷方（〒二六三―〇〇三一）

発行者　田村雅之

発行所　砂子屋書房

東京都千代田区内神田三―四―七（〒一〇一―〇〇四七）

電話　〇三―三二五六―四七〇八　振替　〇〇一三〇―二―九七六三一

URL http://www.sunagoya.com

組　版　はあどわあく

印　刷　長野印刷商工株式会社

製　本　渋谷文泉閣